ÉPITRE
SUR L'HOMME,
PUBLIÉE

A L'OCCASION DE LA RÉVOLUTION

FRANÇOISE.

Audax omnia perpeti
Gens humana ruit per vetitum et nefas.....
Nil mortalibus ardui est.
Cælum ipsum petimus stultitiâ, neque
Per nostram patimur scelus
Iracunda jovem ponere fulmina.

L'homme, dont l'audace tente tout, se précipite de crime
en crime : rien ne coûte à la passion, et la loi ne sert qu'à
l'irriter...... il ne croit rien au-dessus de ses entreprises.
L'excès de notre folie va jusqu'à braver le ciel; nos crimes
ne donnent point de relâche à la colère de Jupiter, et ne
lui permettent pas de quitter un moment sa foudre.

HOR. LYR. CARM. lib. I. CARM. III.

EN DEÇA DU RHIN, *et se trouve à* BRUXELLES ;
Chez G. HUYGHE, Imprimeur-Libraire, Marché aux
Fromages.
A Londres, en Hollande & en Suisse chez différens Libraires.

M. DCC. XCIV.

PRÉFACE.

Cette épitre philosophique roule sur l'homme. C'est aux méprises de quelques philosophes modernes sur sa nature que j'en dois l'idée. L'homme naît bon, ont-ils dit ; ses vices ne viennent que des institutions humaines : ils en sont le fruit. Voilà bien des erreurs en peu de mots. Ils l'ont bien senti, mais cette opinion étoit nécessaire à leur plan. En affoiblissant la foi au dogme du péché originel, ils ébranloient la base sur laquelle porte tout l'édifice de la religion chrétienne.

L'homme naît méchant : il a en lui un fond de corruption qui se développe avec ses facultés, vit toujours dans son cœur et ne cesse jamais de l'incliner au mal. La loi par elle-même, n'est pas un frein à ses penchans; elle ne sert souvent qu'à les irriter. Voilà la vérité telle qu'elle est, non-seulement consacrée dans les livres saints, mais attestée par les annales de tous les peuples. En effet l'histoire montre dans l'homme à ceux qui savent la lire avec fruit un être malheureux, avili, dégradé, en un mot, un être déchu d'une grandeur originelle. Cette vérité n'avoit point échappé à la pénétration des philosophes de l'antiquité : ils n'ont eu de l'incertitude que sur sa cause. Quelle honte pour nos prétendus sages modernes d'avoir été ou de s'être montrés moins éclairés sur un point aussi important que des hommes que Dieu avoit laissés dans les ténébres du paganisme.

Mon plan n'est pas de traiter cette question dans son rapport à la religion. D'autres l'ont déja fait avec succès. On trouvera dans les écrits de M. Bossuet, dans les pensées de Pascal, et surtout dans les poëmes de S. Prosper et de Racine la vraie idée que la religion nous donne de l'homme, et l'on y verra combien il avoit besoin d'un secours surnaturel pour sortir de l'état de dégradation dans lequel il étoit tombé.

Je me suis proposé un dessein plus analogue aux malheureuses circonstances où nous nous trouvons. C'est de montrer par le caractère connu de quelques peuples, et

par la facilité avec laquelle on les égare tous, combien
l'assertion de ces philosophes est peu fondée et dange-
reuse : car si les faits historiques attestent que l'homme,
abandonné à lui-même, soit qu'on le considère dans son
état de sauvage, soit qu'on l'examine dans son état de
civilisation commencée ou parfaite, est tel que nous ve-
nons de le dire, il s'ensuit nécessairement que sa corruption vient de sa propre nature. Or qu'on se donne
la peine de parcourir l'histoire depuis les premiers siècles jusqu'à nos jours, on verra qu'il n'est point d'excès auxquels l'homme ne se soit porté dans tous les tems,
lorsqu'il n'a point été où qu'il a cessé d'être contenu par
le frein des loix. Le poëte philosophe, qui m'a fourni
l'épigraphe que j'ai mise à la tête de cette épître, avoit
cette vérité en vue, lorsqu'il a tracé ce tableau. „ Les
„ premiers hommes, dit-il, animaux muets et hideux,
„ se disputèrent d'abord à coups d'ongles et à coups de
„ poing le gland qui étoit leur nourriture et les tan-
„ nières qui leur servoient de retraites...... Cette vie
„ sauvage dura jusqu'à ce qu'étant parvenus à articuler
„ les sons de leurs voix, ils formèrent des mots pour
„ communiquer leurs pensées..... Alors cessèrent ces
„ guerres brutales, on bâtit des villes et l'on fit des loix
„ contre les voleurs et les adultères, car long-tems avant
„ Hélène l'amour avoit allumé de sanglantes guerres dans
„ le monde. Mais les héros de ce tems-là ne valoient
„ point la peine que l'histoire nous conservât leurs noms.
„ Tant que ces infâmes débauchés ne cherchèrent qu'à
„ assouvir indifféremment leur passion à la manière des
„ bêtes les plus foibles étoient assommés par le plus fort,
„ et celui-ci donnoit ensuite la loi aux autres, comme
„ un taureau fier de la mort de son rival tient tout le
„ troupeau dans la crainte et dans la soumission. Quoi-
„ qu'il en soit, plus on examinera l'histoire des premiers
„ siècles, plus on sera forcé de convenir que les loix
„ n'ont été inventées que pour se garantir contre une
„ injuste violence. „

Jura inventa metu injusti fateare necesse est,
Tempora si fastosque velis evolvere mundi.

HOR. sat. l. I. sat. III.

Il suit de là que dans tous les tems, et quelque forme de
gouvernement qu'on ait choisie ou reçue, il a été né-

cessaire pour la formation et le maintien d'une société d'enchaîner les passions des hommes. D'où nous devons conclure, 1°. que les institutions humaines, bien loin d'avoir contribué à la dépravation de l'homme moral, ont été au contraire le seul frein capable de mettre des bornes à la perversité de ses penchans. 2°. Que plus ces institutions ont été respectées, plus les sociétés qui jouissoient de leurs bienfaits ont été heureuses et florissantes. 3°. Que les atteintes qui leur ont été portées n'ont pas été moins préjudiciables à la durée des sociétés, qu'au bonheur des individus qui les composent. Aussi les législateurs de tous les siécles se sont-ils attachés, non-seulement à donner des loix justes et bonnes, mais encore à en assurer l'exécution. Ils savoient que c'est sur cette double base que repose la félicité publique. En conséquence ils n'ont pas fondé leurs loix sur des abstractions métaphysiques, mais sur la connoissance du cœur humain : ils n'ont pas fait connoître à l'homme des droits, qui peuvent être vrais en théorie sous quelques rapports, mais dont l'exercice rameneroit la société à son enfance ; ils lui ont montré ses devoirs ; ils n'ont pas laissé un libre cours à ses passions, mais ils ont mis tous leurs soins à les réprimer : ils ne lui ont pas inspiré le sentiment de sa force, dont il n'est que trop porté à abuser, mais ils se sont attachés à en arrêter les effets : ils n'ont eu enfin qu'un but, celui d'exciter dans son ame l'enthousiasme du bien. (1)

Il étoit réservé au XVIIIe. siécle de voir naître des

---

(1) Les législateurs anciens apportèrent les plus grands soins à former les mœurs. L'expérience de quelques peuples leur avoit appris que s'il étoit impossible qu'une société pût subsister sans loix, il ne l'étoit pas moins qu'elle se maintînt long-tems sans ce précieux tréfor. Ils en sentirent, peut être plus vivement que nous, tous les avantages et la nécessité. Leurs plans d'éducation les avoient pour objet principal Ils furent convaincus, comme le dit si bien Horace, que » l'instruction aide beaucoup » les qualités naturelles ; qu'un esprit cultivé se nourrit et se » fortifie dans le bien, et sur-tout que si les mœurs viennent » à manquer, les vices ne tardent pas à corrompre les plus » heureuses dispositions. »

Doctrina sed vim promovet insitam,
Rectique cultus pectora roborant;
Utcunque defecere mores
Indecorant bene nata culpæ.

Hor. lyr. c. l. IV. c. III.

hommes assez insensés pour former le projet d'établir une société sur la destruction de tous les principes religieux et moraux, et assez audacieux pour l'entreprendre. Que n'ose point et de quoi ne vient pas quelquefois à bout le génie du crime? du fond de la fange où ils sont nés, ces hommes pervers se sont élevés de forfaits en forfaits au pouvoir suprême. C'est en mettant en jeu la profonde corruption du cœur humain, et en déchaînant toutes ses passions, qu'ils ont réussi à renverser pour le moment les autels mêmes de Dieu, et à faire tomber de son trône un roi juste, sensible et bon, dont le triste et malheureux sort a arraché des larmes à l'Europe entière, et dont la religion consacrera un jour les vertus.

Je ne puis point m'étendre dans cette préface sur les détails et sur les réflexions importantes que me fourniroit ce sujet. Je dois me borner à ce résultat. C'est que les prétendus législateurs de la France, par le système le plus insensé, le plus oppressif et le plus destructeur qui soit jamais entré dans l'esprit humain, ont effectué non-seulement la ruine de la génération présente, mais préparé le malheur des siècles à venir : tant il est dangereux de renverser les digues qui s'opposent au débordement des passions humaines.

En publiant cette épitre, je me suis proposé moins l'utilité de mes malheureux concitoyens, que celle de tous les hommes en général. Depuis trois ans que j'erre hors de ma patrie, mes sentimens pour tous ont cru en proportion des preuves qu'ils m'ont données de leur sensibilité à nos malheurs. Je crois ne pouvoir mieux reconnoître les bienfaits des peuples qui ont accueilli et protégé les tristes victimes d'une révolution sans exemple dans les fastes de l'histoire, qu'en mettant sous leurs yeux avec toute la force dont je suis capable le tableau des malheurs où de vils factieux ont plongé la France, heureux si par ce moyen je les prémunis contre la séduction qui les environne, et contribue à les garantir d'un précipice que des esprits artificieux ont couvert de fleurs pour les y faire tomber plus aisément.

Et que par conséquent, comme le dit ailleurs le même poëte, les loix seroient alors impuissantes

Quid leges sine moribus

Vanæ proficiunt, si. . . .

Lyr. c. l. III. c. XIX.

ÉPITRE

SUR L'HOMME,

*A M***, Correspondant de plusieurs Académies
nationales et étrangères.*

Toi, dont l'Europe admire et chérit le génie,
Toi, qui si jeune encor sur les pas d'Uranie,
Dans les brûlans transports d'un esprit curieux
Soumets à tes calculs et la terre et les cieux,
Ecoute, et si tu crois dignes de ta pensée
L'homme, ses longs malheurs, sa grandeur éclipsée,
Sur cet être long-tems mon esprit arrêté
T'offrira sans détour la simple vérité.
Osons l'approfondir : il est tems de connoître
Ce qu'il est en effet et ce qu'il devroit être.
Dans les réplis du cœur cherchons à pénétrer.
Malheur à qui s'ignore et craint de s'éclairer.
Quitte pour un instant le froid compas d'Euclide :
Prends Socrate à son tour pour exemple et pour guide :
Le premier, de son siècle évitant les erreurs,
Il porta sur lui seul ses yeux observateurs.
 Voilà sur quel objet nous devons nous instruire·
Dans ses détours obscurs qui pourra nous conduire?
L'histoire : guide sûr, elle offre à la raison
Ce fil si précieux que desira Platon,
Et que Rousseau, Leibnitz, Hobbes, Pope lui-même
N'ont que trop négligé par esprit de systême.
 Qu'y trouvons-nous ? par-tout des êtres malheureux,
Avilis, dégradés, dans le vice orgueilleux,
Et qui par des penchans, cause de leur ruine,
Effacent jusqu'aux traits de leur noble origine.
Elle atteste en tous lieux les crimes des mortels.
Là, leurs mains à l'erreur ont dressé des autels ;

Ici méconnoissant l'instinct de la nature
Leur droit est l'intérèt, et leur loi, le parjure ;
Plus loin sans frein, sans mœurs et sans humanité,
Vils émules des ours par leur férocité,
Ils portent la terreur, la mort et le ravage,
Sur les bords malheureux qu'ensanglante leur rage.
   Ne crois pas que l'humeur, pour noircir ce tableau,
Du fiel de la satyre abreuvant mon pinceau,
Exagère des traits dont mon esprit s'irrite.
L'impudent Talapoin et le bonze hypocrite, (2)

------

(2) On a vu dans la préface que je considére l'homme sous deux rapports bien différens, dans l'état de sauvage et dans la société : mais il est un état moyen entre la vie sauvage et la vie civilisée. L'habitant paisible de l'indostan, par exemple, ne ressemble pas plus à un iroquois qu'à un Européen. Mon plan m'obligeoit de marquer cette différence. Mais il n'en est pas moins vrai que dans quelque classe qu'on le range l'homme est au fond partout le même, puisqu'il naît en tous lieux avec le même penchant au mal, et qu'il a en lui le même germe de corruption. Il ne varie que par le mode, et ce mode consiste en ce que l'homme civilisé cache avec soin ce qu'il a de vicieux, ou le déguise sous l'extérieur de la vertu, ou même le réprime ; que l'homme à demi civilisé le laisse appercevoir, sans s'en douter, et sans avoir l'intention de le cacher, et que le sauvage, à qui tout art de déguisement est étranger, se livre sans ménagement et sans remords à sa férocité naturelle et à toute la perversité de ses penchans. Comme il rapporte tout à lui seul, il ne craint pas de se montrer tel qu'il est. Ce n'est pas que tout sentiment de justice, de grandeur d'ame et de générosité soit éteint dans le cœur du sauvage : on en rapporte des traits qui feroient honneur à l'homme civilisé : mais la raison ne peut rien sur lui, quand il est dominé par une passion forte. Ce caractère est sur-tout sensiblement marqué dans sa haine envers son ennemi, même vaincu. Penser différemment sur l'homme, c'est volontairement s'abuser, c'est ne pas connoître sa nature. Plus éclairé sur ses vrais intérêts, l'homme secoueroit la tyrannie des passions qui le tourmentent, le déchirent et le rendent le plus malheureux des êtres. Il chercheroit dans l'exercice des vertus sociales les seules jouissances de la vie et la source du bonheur auquel il est appellé. Dieu a mis en lui deux mobiles de ses actions, la raison et l'instinct du plaisir. Ces mobiles puissans agissent toujours en lui, et ne manquent jamais de l'avertir de ce qu'il doit faire ou éviter. Toute action contre l'ordre est donc la suite d'un faux raisonnement et une erreur de calcul sur ses vrais intérêts.

(9)

L'imbécille Muphti, le Derviche imposteur
Des rêves du Koran orgueilleux sectateur,
Le Lama qui régit une foule insensée,
Dont il règle à son gré le cœur et la pensée,
N'ont-ils point abruti sous le poids de leurs fers
La plus riche moitié de ce vaste univers.
　Sur les bords de l'indus le bramine infidelle
Corromp du banian la candeur naturelle :
Il égare ses pas dans la nuit de l'erreur
En offrant à ses sens l'image du bonheur.
Au nom d'un dieu barbare il commande le crime.
D'un honteux préjugé malheureuse victime,
La veuve trop crédule à la fleur de ses ans, (3)
Expire par son ordre au milieu des tourmens.
Ils ne sont plus ces jours où de fleurs couronnée
Elle suivoit les loix d'un heureux hymenée,
Où dans l'enchantement du destin le plus doux,
Tranquille et satisfaite auprès de son époux,
Dans ses yeux attendris elle puisoit sans cesse
La joie et ses transports, l'amour et son ivresse.
Tout est changé : déja des prêtres imposteurs,
D'un fanatisme affreux zélés propagateurs
Ont dressé de leurs mains l'autel du sacrifice.
L'airain sonne, elle vole au lieu de son supplice.
Et soudain rappellant dans son cœur agité
Son époux, ses sermens, sa gloire et sa fierté
Elle prend les flambeaux apportés par un prêtre,

---

(3) La loi ordonne aux femmes des brames qui sont sans
enfans de se brûler dans le bucher qui doit consumer le corps
de leurs maris. Dans les autres castes les femmes ne sont point
assujetties à cette loi atroce, quelque motif qu'on lui suppose ;
mais le fanatisme et une fausse idée de honte en portent quelques-unes à donner des exemples de ces scènes horribles, qui
sont néanmoins devenus moins fréquens depuis que les mogols
sont maîtres de l'Indostan. " Il n'y a que peu d'années , est-il
dit dans un livre qu'on peut regarder avec vérité comme le toc-
sin de la révolution française, " il n'y a que peu d'années
" qu'une veuve de Surate, jeune, belle, opulente, ambitionna
" ce singulier honneur On lui en refusa la permission. Cette
" femme indignée prit des charbons ardens dans ses mains, et
" dit d'un ton ferme au gouverneur : ne considère pas seule-
" ment la foiblesse de mon âge, vois avec quelle insensibilité
" je tiens ce feu dans mes mains. "

Et meurt en maudissant le jour qui la vit naître,
Tandis que par des cris élancés jusqu'aux cieux
Un vain peuple aveuglé croit implorer ses dieux.
O mortel, quel est donc l'excès de ta misère !
　Mais quels nouveaux forfaits dans cet autre hémisphère
Où Colomb, qui brava les mers et le trépas
Imprima le premier la trace de ses pas.
Vois au sein des forêts cet iroquois sauvage (4)
L'air sombre et l'œil en feu méditer le carnage.
Malheur à l'ennemi dont il veut se venger !
Sans pitié, dans son sang il aime à se plonger.
Fut-il jamais sensible au cri de la nature ?
Non, les impressions de cette loi si pure
Que la main de Dieu même a gravé dans nos cœurs
N'ont jamais adouci l'âpreté de ses mœurs.
Tigre altéré de sang et plus cruel encore
Il se croit peu vengé s'il ne brise et dévore
Jusqu'aux restes meurtris des mortels malheureux
Dont le sort a trompé le courage et les vœux.
　Tu frémis à ces traits, et ton ame indignée
Ne voit qu'avec horreur sa rage forcenée ;
Sa cruauté tranquille enflamme ton courroux.
Eh, quoi ! sommes-nous donc plus humains et plus doux ? (5)

---

(4) Le sauvage qui a le sentiment de sa force est un tigre qui déchire. La définition que Hobbes donne de l'homme ne convient qu'à lui seul : c'est véritablement *un enfant robuste*. Il est cruel de sang froid, inflexible dans ses haines et implacable dans ses vengeances. L'aspect des malheurs et des souffrances d'autrui ne l'émeut pas. On ne peut lire, sans frémir d'horreur, le détail des tourmens que son ingénieuse cruauté invente pour prolonger et rendre plus douloureux le supplice qu'il destine à ses prisonniers de guerre.

(5) L'homme civilisé, en proie a des passions fortes, égale souvent et surpasse même quelquefois la barbarie de l'homme sauvage. A quels excès la soif de l'or, ou pour me servir de l'expression de Virgile Æneid. 1. 1. sa faim dévorante, *auri sacra fames*, n'a-t-elle pas porté les Européens dans le nouveau monde et dans les grandes Indes ? Que de flots de sang n'a pas fait couler dans différentes occasions l'ambition déguisée sous le masque du zèle pour une religion qui ne prêche que l'union, la concorde et la paix entre les hommes, et la soumission à l'autorité légitime ? Mais de quel genre de crimes ne s'est pas sur-tout souillé dans tous les tems le plus dange-

Faut-il,

Faut-il, pour te montrer des scènes effrayantes,
Suivre l'Européen sur les rives brûlantes
Que la riche Plata féconde de ses eaux ?
Dois-je te rappeller l'histoire de nos maux ?
Te peindrai-je des fils immolés par leurs pères,
Des frères expirans sous les coups de leurs frères,
Sur le sein maternel des enfans écrasés,
Des temples, des palais, des trônes renversés,
D'un vainqueur irrité l'orgüeil et les ravages ?.....
Mais pourquoi, diras-tu, retracer ces images ?
L'homme est-il aujourd'hui ce qu'il fut autrefois ?
Sous l'empire des arts, soumis au frein des loix,
Aux lieux, où le commerce a dirigé sa course ;
De l'aurore au couchant, du midi jusqu'à l'ourse,
Image de Dieu même, il étend ses bienfaits.
On ne reverra plus le siécle des forfaits.
Tu le crois : cependant dans sa rage homicide
Vois la France agiter son glaive régicide
Et sans remords livrée à mille excés divers
Par des crimes nouveaux étonner l'univers. (6)

---

reux et le plus atroce des fanatismes, celui de l'irréligion ?
L'ame est déchirée à la seule idée de ses forfaits. Quelles hor-
reurs n'ont point engendré les révolutions des états ? à quelles
calamités sans nombre n'ont pas donné lieu les guerres même
les plus justes ? que de maux n'ont pas entrainé l'esprit de
parti et les haines qui en sont la suite ? de quels malheurs n'ont
pas été la source en Italie les guerres des Guelphes et des
Gibelins, en France celles des Catholiques et des Protestans,
en Angleterre celles des Wiks et des Toris..... ? que de meurtres,
de dévastations, d'incendies !..Les sauvages du Nord de l'Amérique
ne seroient-ils pas fondés à nous reprocher des traits de férocité dont ils n'ont pas même l'idée ? D'où nous devons conclure cette triste et humiliante vérité que, les circonstances
posées, l'homme civilisé et l'homme sauvage se ressemblent bien
plus qu'on ne le pense communément : tant les hommes sont
rapprochés par le fond de corruption qui est en eux.

O miseras hominum mentes ! ô pectora cæca !
LUCR.

(6) De toutes les révolutions connues, il n'en est aucune qui
ait été marquée par autant de crimes, et par des crimes d'une
nature aussi atroce que celle que les factieux de la France ont
effectuée. Si on l'examine dans ses principes, dans ses moyens,
dans ses projets et dans ses suites, on sera convaincu qu'il

B

O ma triste patrie ! ô champs remplis d'allarmes !
Qui lira vos malheurs sans répandre des larmes ?
Sous l'empire des rois vos heureuses cités
Des chefs-d'œuvre des arts déployoient les beautés.
L'or y couloit par-tout d'une source féconde.
Vous étiez et la gloire et l'exemple du monde.
Dans vos murs embellis par la main des plaisirs,
De vos goûts enchanteurs, objet de ses desirs,
L'étranger accouroit partager la finesse
Et savourer en paix l'aimable et douce ivresse.
Compagnes du bon ton et de la liberté
Les graces y regnoient avec l'urbanité :
La gaîté présidoit à vos charmans spectacles ;
Le dieu du goût lui-même y rendoit ses oracles.
Quel affreux changement ! de lâches factieux,
Des loix de leur pays destructeurs odieux,
Ont, par le noir tissu de leurs brigues fatales,
Fait renaître les jours des Goths et des Vandales (7)

---

n'en est point qui ait développé avec plus de force la profonde perversité du cœur humain, abandonné à lui-même. Je
ne puis pas en donner les preuves dans une note. C'est à
l'histoire à les rassembler et sur-tout à recueillir des faits bien
propres à servir de leçon aux peuples qui, égarés par des factieux sur les principes d'une obéissance, qui fait leur bonheur
et assure leur tranquillité, seroient tentés de briser les liens
qui les attachent à leurs souverains. Ils y verront par quels degrés la révolte contre l'autorité légitime conduit à toute sorte
de crimes, à l'oubli de tous les devoirs, au mépris de toutes
les loix divines et humaines, et jusqu'à l'athéisme le plus pro-
noncé. Ils y apprendront à se défier de ces hommes pervers
qui, sous le nom spécieux de *philosophes*, *d'amis de l'humanité*
ou de *vengeurs des droits du peuple*, ne leur annoncent que des
principes désorganisateurs, et ne les flattent que pour les perdre plus surement. Ils y apprécieront ces esprits inquiets et
turbulens qui, instruits dans l'art de présenter les paradoxes
et de les embellir des graces de l'expression, déguisent leurs
vues perfides sous l'apparence du zèle pour le bien public,
afin de les faire tomber plus aisément dans le piège qu'ils tendent
à leur crédulité. Ils s'y convaincront sur-tout de cette impor-
tante vérité, que la soumission au gouvernement établi est le
garant le plus certain de la sureté individuelle, et le plus ferme
appui de la félicité publique.

(7) La convention a achevé de faire détruire tous les
monumens publics et particuliers, échappés à la rage dévasta-

Et peut-être à jamais effacé de nos cœurs
La loyauté françoise et nos antiques mœurs.

---

trice de l'assemblée prétendue constituante et de la législature. Elle n'a rien respecté. On a prophané par ses ordres et les sanctuaires et les tombeaux. Les jacobins qui y dominent ont dicté ces décrets impies , et leurs agens répandus d'un bout de royaume à l'autre ont mis par-tout pour leur exécution *la terreur à l'ordre du jour.* Des commissaires cent fois plus féroces que les monstres connus sous le nom de Néron ou de Caligula ont porté dans tous les lieux où ils ont passé la dévastation , le désespoir, la misere et la mort. Ils n'ont fait du plus beau royaume de l'univers qu'un vaste charnier, et qu'un monceau de ruines. Toutes les statues que la reconnoissance et l'amour avoient élevées à nos rois à Paris , à Lyon, a Bordeaux, à Rennes , à Montpellier. . . . ont été abattues et fondues, quoique quelques - unes fussent dignes de servir de modèles. Celle qui étoit sur la place du Pérou à Montpellier est une perte irréparable pour les arts : elle étoit admirée de tous les connoisseurs. Joseph II , frappé de sa beauté, demanda avec empressement le nom de l'artiste qui l'avoit fondue. Les personnes qui l'accompagnoient, l'ignoroient Quoi! dit-il avec feu, vous avez ce chef-d'œuvre , et vous ne savez pas le nom de son auteur. Tous les trophées et emblêmes en marbre, en pierre ou en bronze, érigés pour perpétuer la mémoire de faits glorieux à la nation françoise ont été détruits, et on leur a substitué des monumens, qui , s'ils subsistoient, attesteroient à tous les siécles la scélératesse et le délire des factieux qui ont perdu la France. Des chefs-d'œuvre d'orfevrerie moins précieux par la matière que par le travail , ont été envoyés à la monnoie. Toutes les églises du royaume ont été abattues ou fermées, après avoir été prophanées et pillées, et la plus belle de toutes, celle de la patronne de Paris changée en un temple payen, où l'on a célébré avec tout le fanatisme de l'irréligion l'apothéose des deux plus grands corrupteurs de ce siecle Voltaire et Rousseau , et celui des deux sacrilèges régicides Lepelletier et Marat, et dans lequel on désigne deja les places de ceux qui se sont rendus dignes de cét honneur par leur haine contre la religion chrétienne et par leur acharnement contre les rois. L'anarchie la plus affreuse et la tyrannie populaire qui en est la suite ont succédé au regne des loix. Toutes les propriétés ont été envahies, les richesses de l'état dévorées, ses ressources épuisées, tous les crimes autorisés , les emprisonnemens arbitraires multipliés, le pillage et les incendies protegés, les massacres et les outrages faits à la pudeur applaudis, le divorce et le concubinage encouragés , les sa-

Eh ! que n'a point osé leur criminelle audace ?
Employant tour-à-tour la ruse et la menace,
Serpens insidieux ou lions rugissans
Ils ont flatté le peuple, humilié les grands,
Renversé par degrés tous les appuis du trône.
Bientôt dans leur fureur brisé sceptre et couronne,
Et tout couverts du sang du plus juste des rois
Fondé sur la terreur leurs sacrilèges loix. (8)

---

crilèges favorisés, les choses saintes & la religion elle même,
tournées en dérision, tout culte public prohibé, l'athéisme
hautement proclamé. .... Je le demande, qu'auroient fait de
plus des hordes de Normands, et des irruptions semblables à
celles des Goths et des Vandales ?

(8) Il y avoit après ce vers un morceau affez long fur la
deftruction de la religion en France, fur l'abolition de la
royauté & sur les meurtres du roi et de la reine. J'ai tout lieu
de croire qu'il n'y a rien dans cette épitre d'auffi frappant et
de si fortement versifié. L'indignation l'avoit dicté. Je l'ai
néanmoins supprimé. Cet épisode, quoique lié au sujet principal, étoit un hors-d'œuvre ; il en ralentissoit la marche. L'in-
dispensable loi de l'unité dans toute espèce de composition,
et surtout dans un ouvrage de cette nature, a nécessité ce sacrifice. Si cette épitre est favorablement accueillie, je ne tar-
dérai pas à publier ce morceau dans un cadre qui le rendra
plus intéressant. Au reste, ce que j'ai dit suffit pour indiquer
les attentats de la convention, relativement à la religion et à
la royauté, et pour inspirer des hommes pervers qui composent ce pandémonium jacobite l'horreur qu'ils méritent.
C'est ici le lieu de faire une observation qui m'a toujours frappé
et que je crois vraie ; c'est qu'en France l'existence de la
monarchie étoit essentiellement liée à la durée de la religion
dominante. Une des grandes fautes du gouvernement a été de
n'avoir pas assez senti que les ennemis de Dieu ne sauroient
jamais être les amis des rois, et en conséquence de n'avoir
opposé que de foibles obstacles à ce déluge de livres diffolus
et impies qui ont inondé la France depuis environ le milieu
du regne de Louis XV Il auroit dû prévoir qu'il fournissoit
des armes contre lui-même en accordant des pensions ou en
permettant qu'on élevât aux honneurs littéraires des auteurs
dont les ouvrages avoient été condamnés par les mandemens
des évêques, censures par la Sorbonne et flétris par les arrêts
des parlemens. L'exemple de Fréderic-le-Grand, qui les ac-
cueilloit et les protegeoit, ne prouve rien. En leur accordant
un asyle, il savoit bien les contenir. Ce fut néanmoins un tort
dans ce prince, et un tort d'autant plus grand que son influence

Tels qu'un affreux volcan dont la bouche enflammée
Lance des tourbillons de cendre et de fûmée,
Qui, du fond de l'abîme avec force poussés,
Couvrent au loin les champs de débris entassés.
L'air gronde, le jour fuit, l'onde fûme et bouillonne ;
La terre s'ouvre et perd l'éclat qui l'environne ;
Dans ses flancs déchirés tout périt sans retour ;
Ses pâles habitans ont vu leur dernier jour.
Tels et plus désastreux dans leurs élans rapides,
Agités des fureurs des noires euménides,
Ces monstres que l'enfer vomit en sa fureur
Dans nos champs désolés ont porté la terreur.
La trace de leurs pas est un feu qui dévore : (9)
Tout tremble, tout fléchit sous un joug qu'on abhorre ;
Tout périt sous les coups de leurs fers destructeurs :
La mort, qui les précéde, a glacé tous les cœurs.
Triste et funeste fruit des haines intestines
La France n'offre plus que de vastes ruines.
Les crimes, l'impudence et le vice effronté,
La licence et l'erreur que suit l'impiété
Sur ses débris fûmans levent leur tête altière
Et souillent cette terre à leurs maux étrangère.
La haine ouvertement aiguise ses poignards ;
Partout des flots de sang coulent dans ses remparts,
Et l'irréligion, fière de son ouvrage
Jouit de ses succès et sourit au carnage.
Arts, culte, royauté, tout est anéanti.
Un peuple furieux, dans le crime enhardi,

---

sur son siécle étoit plus marquée, mais il n'eut pas de conséquence aussi funeste pour ses états , qu'il auroit pu avoir dans
d'autres circonstances : il avoit sur ses peuples l'ascendant d'un
grand homme. Aussi qu'en est-il résulté en France? C'est que
la religion ayant été avilie et baffouée, elle a insensiblement
perdu toute son influence sur les cœurs, et que le gouvernement s'est privé de la seule barrière qu'il eût a opposer à l'a-
gitation inquiète que les philosophes avoient excitée dans tous
les esprits.

(9) Ceux qui seroient tentés de blâmer la rime d'*abborre*
avec *dévore*, doivent se rappeller que la rime n'est pas pour
les yeux, mais pour l'oreille. Voltaire, qui m'a autorisé à
prendre cette licence, a fait la même observation. Cette note
est pour les étrangers et les habitans de quelques provinces.

En proie aux noirs transports d'une rage effrenée
Sur tous les monumens a porté la coignée,
Et je l'ai vu terrible et les yeux égares
Sous l'horrible tranchant des glaives acérés (10)
Immoler des enfans et des femmes tremblantes,
Déchirer, disperser leurs entrailles fûmantes,
Massacrer des vieillards à ses pieds confondus,
Qui ne poussoient, hélas! que des cris superflus,
Sur des vierges en pleurs porter sa main impure
Et pour comble d'horreur outrager la nature. (11)
Mais écartons de nous ces objets dechirans.
L'ame, qui se soulève au nom de ces tyrans,
Aime à se reposer sur des scènes paisibles.
L'homme n'est pas toujours dans ces crises horribles :
Toujours hors de lui-même il n'est point emporté.
Peut-être est-il meilleur dans la société ?

    Ciel! quel spectacle affreux ce théâtre presente !
Que d'acteurs différens sur sa scène bruyante !
Quel combat d'intérêts! quel choc des passions !
L'homme est le vil jouet de leurs impressions.

---

(10) Voyez l'histoire des massacres de Nismes, de Montpellier, de Versailles. . . . et surtout de celui qui a eu lieu à
Paris le 2 et 3 septembre, sous les yeux mêmes de l'assemblée.
législateurs perfides! ignoroient-ils que dans toute espece de
gouvernement, comme l'observe si bien Platon dans sa répu-
blique, le peuple doit être enchaîné, sans quoi c'est un tigre
qui déchire.

(11) Personne n'ignore la persécution cruelle qu'ont essuyée
dans la plûpart des villes du royaume les filles de la Charité,
ces anges terrestres dont la vie etoit une continuelle abnéga-
tion d'elles mêmes et dont tous les instans étoient consacrés
au soulagement de l'humanité souffrante. Je n'ai pas besoin de
dire jusqu'à quel point elles ont été outragées. Les femmes
qui ont refusé d'assister aux messes des prêtres constitutionnels,
ou qui n'ont pas voulu se marier devant les intrus ont été
fouettées au milieu des rues et quelques-unes ont éprouvé des
traitemens pires que la mort. Les couvens n'ont pas été un
asyle sur contre les attentats et la férocité de ces hommes
atroces. On connoit les indignités que la horde des tigres du
2 et 3 septembre a commises sur le corps de Mde. la princesse
de Lamballe. Etoit-ce donc la récompense réservée à ses vertus ? On a vu des monstres tremper leur pain dans le sang des
victimes qu'ils venoient d'immoler et le dévorer......

S'il s'endort quelquefois dans une paix profonde.
Plus souvent tu le vois aussi changeant que l'onde,
Pour tromper son ennui, dupe de ses desirs,
Sans cesse voltiger de plaisirs en plaisirs.
L'amour-propre, l'orgueil et l'envie et les haines,
Tyrans impérieux qui lui forgent des chaînes,
De ses jours tour-à-tour consumant le flambeau
Précipitent ses pas vers la nuit du tombeau.
Mais si l'ambition est son unique idole, (12)
Au succès de ses vœux est-il rien qu'il n'immole?
Vois-le, Prothée adroit, ramper aux pieds des grands,
Etouffer ses remords pour flatter leurs penchans,
D'une ame vile et fausse employer les souplesses
Et contre son honneur échanger les richesses.
Amitié, sentiment si cher à la vertu,
Tu n'es plus qu'un vain nom pour son cœur corrompu;
Nature, c'est en vain que ta voix le rappelle.
La fortune lui parle, il n'écoute plus qu'elle.
Monte-t-il par le crime au faîte des grandeurs?
Il savoure un instant leurs charmes séducteurs.
Mais bientôt des remords le ver sombre et funeste
D'une vie orageuse empoisonne le reste.
  - Tel est l'homme : ton cœur se déchire à ces traits.
Eh! que seroit-ce donc si je te retraçois
Ces excès dévoués à la haine publique
Qu'offre au ciel indigné le fougueux fanatique, (13)

---

(12) J'aurois pu faire ressortir davantage le caractère de l'ambitieux. Je l'avois sous les yeux. Il m'étoit aisé de le tracer d'après l'homme qui a le plus marqué dans la révolution par la naissance et par la scélératesse. J'en ai eu l'idée, mais comme heureusement pour l'humanité, il n'en paroît d'aussi odieux que dans l'espace de plusieurs siécles, j'ai préféré de me borner à celui dont la société nous offre souvent des modèles. D'ailleurs en traçant le caractère de cet homme qui n'a jamais fait oublier ses vices par aucune vertu, c'étoit en quelque sorte rentrer dans la première partie de cette épitre.

(13) Pour parvenir plus aisément à leurs fins, les novateurs dans tous les tems se sont couverts du manteau de la religion. S'ils eussent d'abord découvert leurs projets, auroient-ils facilement entrainé le peuple dans leur parti? Le clergé constitutionnel a suivi la même marche. Dans le principe il a affecté beaucoup de zéle pour la religion : mais bientôt on l'a vu dans les clubs en ébranler les fondemens et la faire tom-

Monstre, dont la fureur se fait un jeu cruel
De sapper à la fois et le trône et l'autel ;
Les intrigues des grands et leurs sourdes menées ;
Des méchans et des sots les ligues combinées ;
Des Phrynés de nos jours le luxe scandaleux ; (14)
Nos fêtes, dont le faste insulte aux malheureux ;
L'innocence et les loix au crédit immolées,
Et les humbles vertus de la terre exilées.....
Que d'objets différens offerts à mes tableaux
Si je ne modérois le feu de mes pinceaux.
Qu'est-ce donc que ce monde où triomphent les vices ?
Un tas d'hommes sans mœurs et pétris d'artifices,
Ennemis l'un de l'autre, agités sans objet ;
Divisés, rapprochés, unis par intérêt.

---

ber dans le mépris. On sait que la plus grande partie vient de renoncer publiquement, même au christianisme.

(14) Phryné étoit une fameuse courtisanne de la Gréce. Depuis quelque tems le débordement des mœurs étoit à son plus haut point à Paris : la corruption s'étoit glissée dans tous les rangs, et elle y étoit telle qu'on peut lui appliquer ce qu'Horace disoit de Rome. « Dans ces derniers tems si fé-
» conds en crimes, s'écrie-t-il dans son indignation, l'adultère
» a souillé la pureté des mariages. De-là, comme d'une source
» empoisonnée, ont coulé tant de malheurs, qui ont également
» inondé Rome et les provinces. Une fille dont à peine l'âge
» a muri les desirs, aime à danser sur les cadances ioniènes.
» On lui apprend l'art funeste de séduire les cœurs : souvent
» même dès sa tendre enfance elle respire un amour criminel. »

Fecunda culpæ secula nuptias
Primum inquinavere, et genus, et domos.
Hoc fonte derivata clades
In patriam populosque fluxit.
Motus doceri gaudet ionios
Matura virgo, et fingitur artibus ;
Jam nunc et incestos amores
De teneri meditatur ungui.

Lyr. l. III. carm. VI.

Le gouvernement avoit accéléré par sa foiblesse le progrès rapide d'une dépravation qu'il étoit de son intérêt d'arrêter. Les loix anciennes avoient cessé d'être exécutées, et la police craignoit de sévir. L'expérience de tous les siécles auroit dû néanmoins apprendre que l'intégrité des mœurs est le gage le plus sûr de la prospérité et de la durée des empires, et que leur corruption est le signe le plus certain de leur décadence, et le funeste avant-coureur de leur chûte.

Que découvre le sage en ce cahos immense ?
Des malheureux humains la triste et longue enfance.
　　Homme foible et superbe, hé, quoi ! voilà ton sort.
Tu ne connois tes maux qu'à l'instant de la mort.
Envain pour t'arracher aux erreurs de la vie,
Du Dieu, qui te créa, la sagesse infinie
Te donna la raison, et l'instinct du plaisir
Ce mobile puissant si prompt à t'avertir
Du mal que tu dois fuir, du bien que tu dois faire,
De ton cœur qui s'oublie aiguillon salutaire.
Contre tes passions que peuvent leurs efforts ?
Insensible à leur voix, sourd aux cris des remords,
De ces coursiers fougueux ta main lâche les rênes.
Insensé ! que de soins, de soucis et de peines,
Pour hâter ton malheur et creuser ton tombeau.
Auteur de tous tes maux tu deviens ton bourreau
Tu pouvois vivre heureux au sein de la nature.
Vois le ciel : c'est pour toi qu'il étend sa parure,
Et que renouvellant le cercle des saisons,
Il prodigue les fruits et murit les moissons.
Il prévient tes besoins ; pour eux il fait éclore
Les germes répandus du couchant à l'aurore :
Dans les airs, sur la terre et jusqu'au fond des mers,
Son souffle créateur enrichit l'univers.
Quand des feux du midi les vapeurs empestées
Roulent autour de toi leurs masses infectées,
Et corrompent les airs épais et sans ressort,
Quand tout est impregné du venin de la mort,
Les vents, principe actif d'un ordre nécessaire,
jusqu'en ses fondemens ébranlent l'atmosphère :
L'horizon brille alors d'une douce clarté :
Sur ton front en sa fleur éclate la santé.
Un fluide plus vif circule dans tes veines :
Tu ressens moins le poids des misères humaines,
Ton cœur s'ouvre au bonheur qui sourit à tes vœux
Et tout autour de toi s'embellit à tes yeux.
Ah ! si sur cette mer où grondent les orages
Tu te fusses reglé sur le conseil des sages,
Ou si ton cœur aimant l'ordre et la vérité
Du jour de la raison eut cherché la clarté,
Ton vaisseau, qu'attendoient d'heureuses destinées,
Eût vogué sans danger sur les eaux mutinées
Et sans craindre la nuit, la tourmente ou le sort
Malgré les vents jaloux fut entré dans le port.

C

Ne connoissois-tu pas cet élément perfide ?
Devois-tu t'exposer sans pilote et sans guide ?
La force de l'exemple emporta ta raison ;
De ses rians attraits tu suças le poison.
Pourquoi donc te plains-tu du poids de ta misère ?
De tes folles erreurs ta peine est le salaire.
Si tu vis pour souffrir n'en accuse que toi.
Esclave, voudrois-tu les attributs d'un roi ?
Courbe donc sous le joug ton ame appésantie.
Mais que dis-je ?.... Ah ! plutôt que ton ame flétrie
D'un bonheur pur et vrai cherche encor à jouir. (15)
C'est au sein des vertus que germe le plaisir.
Dans le calme des sens interroge ton ame.
Dieu lui-même y grava ces mots en traits de flamme :
Fais le bien : oui malgré tes penchans et tes vœux.
Ce n'est qu'à ce prix seul que tu peux être heureux,
Que la vertu soit donc ta force et ton égide.
    N'envias-tu jamais la candeur d'Aristide ?
Pourrois-tu préférer l'assassin de Clitus
Au sage Marc-Aurèle, au bienfaisant Titus ?
Réponds-moi, non sans doute et leur vertu sublime
A seule, malgré toi, des droits à ton estime :
Elle arrache à ton cœur des hommages secrets. (16)
Eh ! bien, si t'éclairant sur tes vrais intérêts

---

(15) „ Voulez - vous vivre heureux, dit Horace ? Et qui
„ est-ce qui ne le veut pas ? Adonnez-vous à la pratique de
„ la vertu, puisqu'elle seule peut vous procurer cet avantage,
„ et arrachez-vous courageusement à tout ce qui peut débau-
„ cher votre cœur. „

Vis rectè vivere ? quis non ?
Si virtus hoc una potest dare; fortis omissis
Hoc age deliciis.

Epist. l I. epist. VI.

(16) Quelques membres du côté gauche de l'assemblée prétendue constituante m'ont avoué qu'ils avoient éprouvé ce
sentiment à l'égard de ceux du côté droit. Leur noble et gé-
néreuse fermeté, m'ont-ils dit, a excité et forcé notre admi-
ration. Ils ont été entourés de dangers, abreuvés d'humiliations
et d'outrages, rassasiés d'opprobres, poursuivis par la calom-
nie, ruinés et proscrits. Eh ! bien, s'il nous étoit donné de
recommencer notre carrière politique, nous préférerions leur
sort au nôtre. A quoi a servi notre acharnement contre eux ?
Leur a-t-il fait perdre l'estime des honnêtes gens ? Il a au con-

Au goût de la vertu la raison te ramène,
Si , sur tes passions regnant en souveraine ,

---

traire augmenté la vénération qu'on avoit pour eux. Leur a-t-il
ôté la paix de la conscience ? Il a dû y ajouter par la satis-
faction qu'ils éprouvent d'avoir fait tout ce qui dépendoit d'eux
pour sauver l'état. Jouissance pure et digne de leur vertu que
nous ne pouvons, hélas! jamais espérer. Oui, vous l'avez cette
jouissance si consolante dans vos malheurs, hommes justes,
hommes vertueux, qui avez tout sacrifié à votre devoir, et
que les menaces ou les caresses des factieux ont trouvé également inébranlables. Au milieu des nations étrangères qui se
sont empressées de vous accueillir, vous recevez maintenant la
juste récompense de votre fermeté, et votre vertu, qui est le
seul bien qui vous reste, y jette, selon l'expression d'Horace
lyr. l. III. carm. II., un éclat qu'on s'efforçeroit envain de
ternir, *virtus incontaminatis fulget honoribus* , et qui vous assure d'avance le respect et l'hommage de la postérité. Vous
partagez cette gloire avec eux , vous tous, qui n'écoutant
que la voix impérieuse de l'honneur, vous êtes montrés fidel-
les à votre Dieu et à votre roi , et qui, pour venger leurs
droits indignement outragés , avez volé sous les drapeaux des
illustres et malheureux descendans de St. Louis et de Henri IV.
Ah! ne vous laissez pas abattre par les événemens, quelques
désastreux qu'ils puissent paroître. Rappellez-vous que l'ad-
versité est le creuset où la vertu s'épure, et l'école où se for-
ment les grandes ames. Songez que rien n'est perdu , lorsque
l'honneur reste. Et qui pourroit vous ravir ce trésor, généreux
chevaliers, qui avez, comme Horace le disoit de lollius, sacrifié l'intérêt au devoir, rejetté hautement et avec mépris les
offres et les présens d'une foule de factieux, et triomphé de
ces ennemis de la justice et des loix sans autres armes que vos
vertus.

> Honestum prætulit utili,
> Rejecit alto dona nocentium
> Vultu , et per obstantes catervas
> Explicuit sua victor arma.

Voilà vos titres, vos richesses, votre gloire. Que sont en
comparaison les biens, les jouissances et les rangs que vous avez
perdus pour le moment? Ces avantages, vous le savez, ne rendent pas seuls l'homme heureux. » Ce beau nom, continue le
» même poëte, n'est dû qu'à celui qui fait usage de sa sa-
» gesse pour prendre en bonne part tout ce que les dieux lui
» envoient, qui sait souffrir patiemment les incommodités de
» la pauvreté, qui redoute le crime plus que la mort. Un

Elle enchaîne tes sens de leurs fers étonnés
Et réprime à son gré tes desirs effrénés,
Si toujours te prétant l'éclat de sa lumière
Elle affermit tes pas tremblans dans la carrière ;
Assuré de voler à l'immortalité,
Chéri de l'univers, heureux et recpecté
Malgré les coups du sort et les traits de l'envie
Tu changeras en fleurs les ronces de la vie.
   Cher ami, c'est ainsi que ton cœur épuré,
Brûlant pour la vertu d'un feu vif et sacré
Repousse loin de toi la coupe enchantéresse
Des plaisirs, trop souvent l'écueil de la jeunesse.
Loin d'un monde brillant tout à toi, tout au bien,
Tu sais penser, agir et vivre en citoyen.
Des prestiges du jour craindrois-tu l'imposture ?
Tranquille au sein des arts, heureux par leur culture,
La raison, qui préside à l'emploi de tes jours,
Au bonheur des humains en consacre le cours.

» homme de caractère est toujours prêt à prodiguer son sang
» pour ses amis ou pour sa patrie. »

    Non possidentem multa vocaberis
    Rectè beatum : rectius occupat
      Nomen beati, qui deorum
       Muneribus sapienter uti,
    Duramque callet pauperiem pati,
    Pejusque leto flagitium timet;
      Non ille pro charis amicis
       Aut patriâ timidus perire.
           Lyr. l. IV. carm. VIII.